# VENTE DU JEUDI 14 JANVIER 1892

HOTEL DROUOT, SALLE N° 3

*à 2 heures 1/4*

---

# BELLES TAPISSERIES

SCÈNES MYTHOLOGIQUES, CHAMPÊTRES ET HISTORIQUES

## de Bruxelles, d'Aubusson

## OBJETS D'ART

ET DE

# RICHE AMEUBLEMENT

XVIe siècle

## Louis XIV. Louis XV & Louis XVI

---

| | |
|---|---|
| **M° G. BOULLAND** | **M. A. BLOCHE** |
| COMMISSAIRE-PRISEUR | EXPERT PRÈS LA COUR D'APPEL |
| 26, rue des Petits-Champs, 26 | 25, rue de Châteaudun, 25 |

## EXPOSITION PUBLIQUE

Le Mercredi 13 Janvier 1892, de 2 heures à 6 heures.

5361
4596.80
768.20
7617.21
1.15H.45
J

5365
7607.0

# CATALOGUE

DE

# BELLES TAPISSERIES

## OBJETS D'ART

ET

## D'AMEUBLEMENT

XVI<sup>e</sup> SIÈCLE

### Louis XIV, Louis XV et Louis XVI

Meubles richement garnis de bronzes, Armoire à trois portes de Beurdeley
Bureaux de dames, Tables, Commodes, Consoles
Sièges de différentes formes
Torchères, Paravent, Crédences

## BRONZES, PORCELAINES DE CHINE MONTÉES

*Pièces a'échantillon*

Argenterie, Miniatures, Objets de vitrine

### BEAUX FLAMBEAUX EN ARGENT DU TEMPS DE LOUIS XIV

*Tentures, Tapis, Livres, Tableaux*

DONT LA VENTE AURA LIEU

# HOTEL DROUOT, SALLE N° 3

### Le Jeudi 14 Janvier 1892

*à 2 heures 1|4*

---

Par le Ministère de M<sup>e</sup> GEORGES BOULLAND, commissaire-priseur
26, rue des Petits-Champs, 26

Assisté de M. A. BLOCHE, expert près la Cour d'appel
25, rue de Châteaudun, 25

*Chez lesquels on distribue le présent Catalogue*

---

## EXPOSITION PUBLIQUE

### Le Mercredi 13 Janvier 1892, de 2 heures à 6 heures

# CONDITIONS DE LA VENTE

La vente sera faite au comptant.

Les acquéreurs payeront, en sus de leur adjudication, *cinq pour cent* applicables aux frais.

L'exposition mettant les acquéreurs à même de se rendre compte des objets vendus, aucune réclamation ne sera admise une fois l'adjudication prononcée.

Paris. — Imp. de l'Art, E. Ménard et Cⁱᵉ, 41, rue de la Victoire.

# DÉSIGNATION DES OBJETS

---

## TAPISSERIES

### OBJETS D'ART, MEUBLES

1 — Portière formée d'une jolie tapisserie de Bruxelles du
xvie siècle, représentant une châtelaine dans un palais.
Encadrée de peluche mordorée.

2 — Quatre portières ou panneaux, en ancienne tapisserie d'Aubusson, représentant des scènes historiques ;
personnages en riches costumes dans des intérieurs de
palais, avec bordures simulant des cadres.

3 — Très belle tapisserie, représentant des seigneurs et
grandes dames ; composition de nombreux personnages en costumes du xvie siècle se promenant, cau-

sant, allant dans des embarcations. Fond de parc et paysage, bordure à fleurs, d'une charmante tonalité.

4 — Décoration de baie et deux montants en ancienne tapisserie de Bruxelles; montants à cariatides, bandeau à fleurs.

5 — Deux bandeaux en ancienne tapisserie, dessin à fleurs et fruits.

6 — Devant de chasuble en satin crème, orné de riches broderies, à fleurs et entrelacs. Époque Louis XIV.

7 — Très belle armoire à trois portes, en bois de violette, garnies de glaces, richement ornée de bronzes dorés. Style Louis XIV. Travail de la maison Beurdeley.

8 — Jolie glace biseautée, avec riche cadre en bois sculpté et doré, à ornements et feuillages à jour, avec doubles aigles d'Autriche au fronton. Style Louis XIV.

9 — Paire de petits candélabres à deux lumières : groupe d'enfants en biscuit, portant des cornes d'abondance, montés en bronze doré. Style Louis XVI.

10 — Divinité en ancien blanc de Chine.

11 — Cornet en vieux Chine, décor à figures et vases de fleurs de la famille verte.

12 — Bol du Japon, décor polychrome.

13 — Deux plats dentelés en faïence, genre Rouen polychrome.

14 — Vase de Chine, décor flambé. Belle qualité.

15 — Très beau vase en porcelaine de Corée fond bleu, décor en émaux brun et blanc ; monture en bronze doré, gravé et ciselé. Style Louis XIV.

16 — Paire de très jolis flambeaux en argent finement gravé et ciselé. Époque Louis XIV.

17 — Plaque en faïence de Castelli ; décor paysage et ruines. Cadre en bois doré.

18 — Deux lampes en vieux Chine, famille rose ; décor fleurs et paysages. Montures en bronze doré.

19 — Quatre plats de Delft, décor bleu.

20 — Chaise style Henri II, en noyer, et étoffe fond rouge broché gris.

21 — Trois grandes chaises Louis XIII, couvertes en tapisserie au petit point, fond jaune à fleurs.

22 — Paire de beaux candélabres formés de vases gros bleu, richement montés en bronze doré, avec bouquets de pavots, à six lumières. Style Louis XV.

23 — Soupière avec couvercle et plateau en vieux Chine, décor parties fond gros bleu, à rehauts d'or et fond blanc à fleurs.

24 — Lampe formée d'une potiche en vieux Chine, famille verte, à figures et paysages ; monture en bronze doré de Gagneau.

25 à 30 — Trente volumes : œuvres de Molière, Regnard, Marot, Monnier, Flaubert, La Bruyère, etc.

31 — Petit bureau forme rococo en marqueterie de bois, à armoirie et fleurs.

32 — Quatre chaises style XVIᵉ siècle, en noyer, couvertes en cuir doré, à armoirie, ornements et figures.

33 — Jolie harpe en bois sculpté, rehaussé de peinture, de dorure et de laque. Époque Louis XVI.

34 — Groupe de trois enfants en bronze posant sur une colonne en marbre vert, à chapiteau.

35 — Petit miroir avec cadre en bois sculpté et doré. Louis XIV.

36 — Grand panneau en bois sculpté. Henri II.

37 — Table de salon en bois doré. Style Louis XVI.

38 — Table de salle à manger en poirier noirci.

39 — Dressoir en poirier noirci.

40 — Suspension en bronze nickelé, à une lampe et dix-huit lumières.

41 — Paire de chenets en bronze nickelé.

42 — Porte-pelle et pincettes en bronze nickelé.

43 — Deux torchères vénitiennes formées par des nègres portant des plateaux.

44 — Trois paires de rideaux en peluche rouge et damas vert, avec galeries.

45 — Portière en damas vert.

46 — Pouf à deux coussins en peluche et satin brodé.

47 — Deux paires de rideaux de fenêtres et paire de rideaux de lit en satin bleu.

48 — Tenture en bourre de soie, fond bleu et jaune.

49 — Paire de cache-pots en cuivre.

50 — Paire de lampes en bronze vert.

51 — Paire de lampes en bronze vert et marbre rouge.

52 — Lustre à huit lumières.

53 — Joli paravent à quatre feuilles, en bois sculpté des Iles, avec panneaux en satin rouge de Chine, brodés à personnages, fleurs et ornements.

54 — Beau surtout de table en bronze argenté, à fond de glace formé d'une coupe supportée par un groupe : Amours vendangeurs, orné de plateaux à six lumières, se démontant et pouvant former coupes à fruits.

55 — Deux carafes à vin ; monture en argent ciselé.

56 — Service à liqueurs composé d'un carafon ; monture argent ciselé, et six verres en argent.

57 — Coupe en bronze.

58 — Sucrier en porcelaine de Saxe.

59 — Miniature : Portrait de femme.

60 — Miniature : Louis XVIII.

61 — Miniature : Portrait de femme.

62 — Miniature : Sully.

63 — Bonbonnière en agate.

64 — Deux réchauds en métal garnis en argent.

65 — Six couverts en métal argenté. Style Louis XVI.

66 — Peigne en argent et écaille. Style Louis XV.

67 — Bague en or, enrichie de roses et d'un rubis.

68 — Petit canapé et deux fauteuils en bois sculpté et doré, couverts en soierie, fond clair à fleurs. Louis XVI.

69 — Petit bureau cylindre en bois d'acajou. Époque Louis XVI.

70 — Paire de beaux chenets en bronze doré, modèle balustrade et brûle-parfums, style Louis XVI, avec leurs fers.

71 — Console en bois sculpté et doré, style Louis XV, avec dessus en marbre.

72 — Commode en bois de rose; dessus en marbre.

73 — Commode en noyer, ornée de cuivre.

74 — Coffre en bois sculpté.

75 — Crédence en bois sculpté. Louis XV.

76 — Ameublement de petit salon, composé d'un canapé avec coussins et six fauteuils en velours frappé.

77 à 82 — **École française**. Scènes de petits amours. Quinze tableaux. (Sera divisé.)

83 — Miniature : l'Indiscret.

84 — Glace avec cadre doré.

85 — Baromètre en bois sculpté.

86 — Pendule Empire.

87 — Garniture de cheminée, composée d'une pendule et deux candélabres.

88 — Paire de rideaux anciens, en laine.

89 à 92 — Quatre tapisseries à petits personnages Louis XV. (Sera divisé.)

93 à 96 — Quatre tapisseries verdures avec bordures. (Sera divisé.)

97 — Tapisserie, représentant Suzanne au bain.

98 — Tapisserie à grands personnages, avec bordure.

99 — Tapisserie à grands personnages.

100-101 — Deux carpettes.

102 — Tapisserie verdure.

103 — Suite de plusieurs tapisseries verdures.

104 — Lot de soies anciennes et galons.

105 — Christ en ivoire.

106 — Deux pistolets anciens.

107 — **École moderne.** Deux portraits.

108 — Ameublement de petit salon en tapisserie, à petits personnages, composé d'un canapé et dix fauteuils.

109 — Groupe d'enfants en bronze.

110 — Deux statuettes d'enfants en bronze ; porte-bouquets.

111 — Deux figurines en bronze.

112 — Groupe en bronze : la Bonne Mère.

113 — Sujet en bronze : le Lion amoureux.

114 — Statuette : la Poésie.

115 — Statuette : l'Ange gardien.

116 — Groupe de baigneuses en bronze.

117 — Groupe en bronze : les Fiancés.

118 à 120 — Trois petits bronzes de Barye.

121 — Objets non catalogués.

RED.:

19


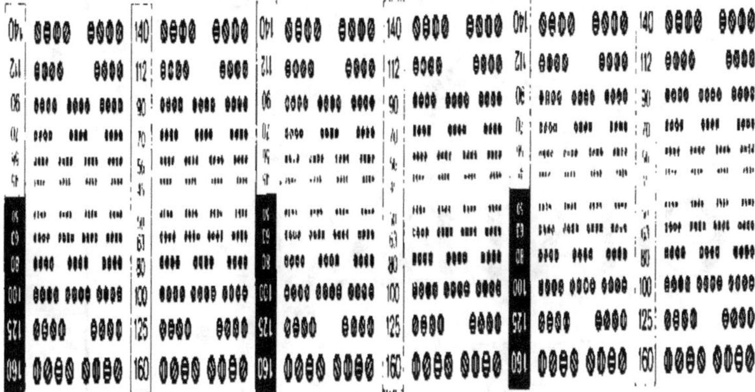

0 1 2 3 4 5 6 7 8 9 10

# BIBLIOTHEQUE
# NATIONALE
# DE FRANCE

****

# CHATEAU
# DE
# SABLE
# 1996